KB267226

이혜민 시집

지팡이는 자꾸만 아버지를 껴입어

지팡이는 자꾸만 아버지를 껴입어

지팡이는 자꾸만 아버지를 껴입어

인쇄 · 2025년 7월 7일 | 발행 · 2025년 7월 15일

지은이 · 이혜민
펴낸이 · 한봉숙
펴낸곳 · 푸른사상사

주간 · 맹문재 | 편집 · 지순이, 김수란
등록 · 1999년 7월 8일 제2-2876호
주소 · 경기도 파주시 회동길 337-16(서패동 470-6) 푸른사상사
대표전화 · 031) 955-9111(2) | 팩시밀리 · 031) 955-9114
이메일 · prun21c@hanmail.net
홈페이지 · http://www.prun21c.com

ⓒ이혜민, 2025

ISBN 979-11-308-2296-9   03810
값 12,000원

이 시집은 2025년도 횡성문화관광재단 예술지원 공모에 선정되어
출간되었습니다

푸른사상
시선

207

지팡이는 자꾸만 아버지를 껴입어

이혜민 시집

푸른사상
PRUNSASANG

시가 삶이고 삶이 시여서

꿈속에서 꿈을 꾸고

죽음을 만지고 반죽하며

여기까지 건너왔다

잘 살았다고

고생했다고

부끄러운 뒤통수를 돌려본다

2025년 7월

이혜민

| 차례 |

■ 시인의 말

제1부

공중 식물　　　　　　　　　　　　　　　13

꿈속에서 꾸는 꿈　　　　　　　　　　　14

지팡이는 자꾸만 아버지를 껴입어　　16

말말말　　　　　　　　　　　　　　　　18

전상서　　　　　　　　　　　　　　　　20

팔월 열나흘 밤　　　　　　　　　　　　22

이택재　　　　　　　　　　　　　　　　24

물 먹은 거울　　　　　　　　　　　　　26

몸을 만질 수 있나요　　　　　　　　　28

새가 태어나는 장소　　　　　　　　　30

자석　　　　　　　　　　　　　　　　　32

공의 길　　　　　　　　　　　　　　　34

아연하다　　　　　　　　　　　　　　　36

진흙의 성　　　　　　　　　　　　　　39

메모리얼 파크　　　　　　　　　　　　40

제2부

대가족의 거죽	43
지천명하다	44
하품하다	46
불량품 사용법	48
또는 그 이름	50
향유하다	52
분자 가열	54
콩나물국밥	56
칩거에 들다	58
윤슬	60
발광하다	62
쥐생뎐	64
부자의 그림자	66
닻을 올려라	67
메이드 인 이태리	68

| 차례 |

제3부

꼬리연	73
그 성에 가면	74
신문고를 울려라	76
칠백 년의 약속	78
거기서는 입이 터졌능교	80
사량도	82
몽유도원도	84
금빛 은행잎	86
촛불	88
엽서 한 장	90
개명 명령어 3075	91
잔도	92
꽃들이 만발하는	94
고추잠자리	96
만성 두통	98

제4부

능소화　　　　　　　　　　　　　101

죽어도 놓자 바위　　　　　　　　102

베개 든 남자　　　　　　　　　　104

탈피　　　　　　　　　　　　　　106

갈잎의 노래　　　　　　　　　　108

죽음을 반죽하는 동안　　　　　　110

세상에 망친 가면극은 없다　　　　112

죽음 해부학　　　　　　　　　　114

뒷골목　　　　　　　　　　　　　116

홀씨로 날다　　　　　　　　　　118

씨감자　　　　　　　　　　　　　119

죽음의 모양　　　　　　　　　　120

이명　　　　　　　　　　　　　　122

말의 기포　　　　　　　　　　　124

덩이줄기　　　　　　　　　　　　126

■작품 해설　타자 삶의 핵심을
　　　　　　온몸으로 체현하는 자아 – 권영옥　　128

제1부

공중 식물

풍선은 색 고운 등이다

그가 입술을 더듬으며 뜨거운 입김을 불어댄다
가열되는 두 개의 주둥이가 금세 허공의 주인이 된다
날름대는 혀는 한데 뒤엉켜 두 눈에 묘수를 던지며 소리
를 버린다
천 등을 움켜잡고 덩어리가 되어 깊은 밤을 연다
불안으로 찢어진 살갗들이 바람을 탄다
몹쓸 바람은 그만을 노리고
한 점 먼지로 날아오르다 곤두박질친다

나는 하늘 계단에서 머리를 들고 사는 사랑초

꿈속에서 꾸는 꿈

잠 속으로 들어가 자는 잠은
눈뜬 적 없는 의식을 떠다니며 피카소의 색채를 빨아들이
다가 흑백으로 덧칠한다

구름 위에 떠 있는 날갯짓은
초원 위 들꽃으로 피었다가 고비사막의 고사목이 되고 먼
로의 치마에 붉은 꽃물로 든다

야성적 잠에서 걸어 나온 사내들이 침대 위에 가득하고
모자를 눌러쓴 어린 학자의 털붓에 화장기를 지우던 클레
오파트라와
발자국이 뒤엉킨 또 다른 남자는 프로이트의 무덤 속으로
빨려 들어간다

그 죽음을 막 빠져나온 불꽃과 뼈의 그림자들

삶 죽음 경계도 없는 세상에서 송출되어 오는 것이 죽음
의 실루엣인가,

한 장 한 장 그려서 슬라이드로 필름을 돌리는 영사기는
누가 만들었을까,

모든 무의식을 재현해내는 놀라운 편집력과 의식의 몸부
림이
깨어지는 어둠 저편에서 잠의 심장을 뛰게 만드는 프로이트

지팡이는 자꾸만 아버지를 껴입어

다리가 열릴 때마다 한 발이 삐끗 넘어지고
다리가 닫힐 때는 몸을 가만히 오므리지

울음이 넘쳐 출렁이는 출렁다리
차라리 바람 소리로 시끄러웠으면 좋겠어
천둥번개라도 찾아왔으면 해

쇳소리만 입안 가득 한숨을 물고 가족들은 소리에 끌려다
니지
아니 소리에 달라붙지 아주 오래되고 익숙한 듯

주저앉아 살아온 날들을 모래알처럼 굴려

아버지를 껴입은 늙은 지팡이가 자국 한번 짚어내는데
눈자위가 움푹 파인다고
말린 눈물꽃 걸어두려 허공에 못을 박고 있지

중심에서 이탈한 발자국이 어지럽게 찍으며 사라지는 흔
적들

그 소리도 삶이라고 쿵, 가는 주인의 다리를 위해
지팡이가 큰소리를 치네
쇳소리로 마침내 말없음표를 찍으면서

그가 지나갈 때마다 소리의 알들이
끝 모를 징검다리 만들어놓고
한 발 앞에서 절뚝이며 건너가네

지팡이에서 인꽃이 피어나
지기 위한 검버섯 꽃

말말말

　말을 탄다 초원에는 파리가 달라붙은 말들이 서 있다 덩
치가 크고 검은 말은 싫다 그 말도 내가 싫은지 고개를 젓는
다 말발굽 속으로 속도가 들썩인다 추추추 말을 붙였다 전
력 질주의 본능을 나는 감당할 수 없다

　속도를 먹어치우고 채찍을 가로막는 갈퀴 바람
　뒷발질 한 방으로 날아가는 말의 조각들

　구름이 몰려간다 히히잉 폭풍이 말꼬리를 잡고 휘두르는
속도의 울음

　말이 말을 늘어놓네

　침으로 범벅이 된 세 치 혀가 싫다 침샘 속엔 말의 뼈를
베어내는 말이 달린다 악취가 난다 어금니로 말을 문다 텅
빈 입안을 들여다보던 말 잔치는 말판에서 끝이 난다

　웆이라고 발랑 뒤집어져 좋아하던 말이 뒷발질에 잡혀 서

로를 밀어낸다 어디를 향해 튕겨 나갈지 아무도 모른다 한 번 더 뛰게 될지 잡아 먹힐지 한 치 앞도 모르는 철부지 말들

　구유는 속도가 쉴 수 있는 곳

　나는 말과 여물을 먹으며 말을 되새김질한다 말이 모래알처럼 씹힌다 말들이 말판을 휩쓸고 간 내 안은 말똥으로 말줄임표를 찍는다 김이 모락모락 난다

전상서

구피는 넓은 강을 떠나와 힘이 많이 부치나 봅니다
낯설고 물선 어항에서 혼자 떠돌기가 그리도 어려웠나 봅
니다

벌써 몇 날 몇 밤째입니까

지느러미를 접고 바닥에 배를 깐 채 입만 뻐끔거리네요
물 위를 구름처럼 떠다니는 새끼들이 마음에 걸려 눈꺼풀
도 못 감나요
들이차는 물방울로 살아온 날들을 뒤적이나요

엄마 그만 일어나보세요
지느러미 힘차게 펄떡여보세요
그것마저도 힘이 드는가요

몰아쉬는 숨소리에 잔잔한 물무늬가 보여요
물 밖 세상으로 꺼내드릴게요

잠시만 숨을 참으세요

구피가 그만 저세상으로 건너갔다
별똥별 하나가 사선을 긋고 사라진 밤이었다

팔월 열나흘 밤

어매는 기름 묻은 손으로 기다릴 거야
동구 밖 느티나무 꼭대기에 걸터앉아 땀을 닦겠지
늦게서야 넘어가는 달을 따라 지아비 무덤으로 달려가
겠지
벌초 못 한 자식들 대신 웃자란 풀들만 잡아 뜯고 있을
거야
새끼들 불러 모아 옆구리에 끼고
삐거덕거리는 고향집을 맨발로 찾아갈 거야
빈방에 굴러다니는 소주병도 보듬고
빈집 지키는 먼지를 쓸어내리며 부엌으로 가겠지
허기진 구들장 멕이려고 군불도 지피겠네
손바닥만 한 논배미 지아비 병원비로 날리고
야반도주의 낙인이 찍힌 외딴집에서
생전 하던 대로 한 방에 둘러앉을 거야
밤새 보름달 나눠 먹으며 추억을 덮고
발가락 비비며 도란거리다 가겠지

영정 속 어매는 여전한데

등 굽은 보름달만 떡방아를 찧고 있네

이택재

깜깜한 동굴 속 화석으로 살던 소리가 울렸다

무지의 껍질을 벗겼다
햇살을 몸에 들이고 살을 말렸다
그림자가 내는 애초의 울림이었나
울림은 허공에 어둠을 풀어내는 일
어두운 생을 흔들어 깨우는 일
정신을 실컷 두들겨 맞고서야
겨우 뭉쳐진 그림자가 소리를 뱉어냈다
처음엔 단군을 호령한 산맥
조선은 그들이 밟던 발자국
몇천 년 무덤 속에 묻혀 응어리진 숯검댕이
표정을 잃어버린 소리의 알갱이들
뭉쳐 있던 소리가 바람으로 풀어졌다
어버버 소리를 내며 전생을 건너왔다
발바닥에 박혀 따끔거렸다
떨림에 채찍을 가하며 소리가 달렸다
너른 고을 내달리며 포효하는 짐승들

소리의 토사물이 바닥에 흥건했다
상처 난 말들이 고물거렸다

눈 속에 말을 담은 소리가 소리를 낳기 시작했다

물 먹은 거울

텅 빈 어둠을 펼쳐놓는다
물 먹은 얼굴을 토해 어둠 밖으로 내몬다
몸을 궁굴리며 덧칠한다
소름이 물풍선으로 부풀어 오르고
나는 어둠 뒤에 붙어 속살을 후벼 판다
팬티 고무줄로 총을 만들어
뒷간 옆에 숨어서는 사내 녀석들의 뒤통수를 후려치던,
상처는 내게 되돌아와 온몸에 얼룩으로 달라붙고
딱지는 어둠의 무게를 견디지 못한다

여자애를 들여다본다

지워지지 않는 검은 영혼
찢어진 내 영혼의 속살
재생되지 않는 무색의 미소
그 끈적거리는 살가죽을 떼어내며 웃는다

꾹꾹 찔러대던 거울 빛이

여자를 쓸어내린다
빈틈없이 달라붙은 어둠을 끌고
거울 속으로 들어가 노려본다

날카로운 시간을 바늘에 꿰어
검붉은 유리 조각을 덧댄다
내 몸을 박음질하며 뚫어지게 본다

넌 여자야

빌딩이 눈물을 흘리며 지나간다

몸을 만질 수 있나요

어디로 출구 없이 굴러가는 걸까요
아주 잠깐 문명의 몸을 빌려 입었죠
우주를 떠도는 유랑자 맞아요
여러 개의 영혼이 거미줄을 끌고 다녀요
허공을 한참씩 비워둘 때가 많았죠
사람들 손톱 끝에 차여 뒹굴었어요
거꾸로 매달려 혀를 길게 빼물었죠
정적이 고개를 치켜들었어요
남은 사지가 어둠에 잡혔어요
지상에서 내려온 사닥다리가 펄럭였어요
금의환향, 혓바닥들이 일제히 웃었죠
거미줄을 타고 이브를 찾아 헤맸어요
동산에 무화과 꽃들이 서로 뒤엉켜 있어요
온몸에 달라붙은 꽃술이 꽃술을 핥아요
손목 없는 손을 머리 위로 올린 채 걷어찼던
어린 날,

선홍빛으로 피어났어요

여린 날갯짓에 우주가 한순간 흔들렸죠
몸 밖으로 바람을 통과하기 시작했어요

금 간 창공이 활짝 열렸죠

새가 태어나는 장소

영혼 밖인가요 안인가요
도망치는 그대
마주하고 서 있는 문
열고 들여다 볼 수 있을까요
안은 비와 바람을 가두어놓고
쇠창살도 달아놓고 안 될수록 막을수록
명자나무 검붉은 꽃잎에 젖고 싶어서
빠꼼 열어보았지만
동굴은 깜깜하고 음습해서
손 더듬이를 해야 하죠
이런 나를 밖에 세워두고
영혼 속으로
맘 놓고 드나드는 그대는 누구인가요
수풀을 만들어놓고
주문과 최면을 섞어
마법의 기울기를 안개처럼 피워 올리는,
당신 안으로 눈물을 들이고 싶어요
그 위에 붉은 꽃잎을 띄우고 싶어요

샛강에 불붙은 촛불
제 속에 불 지르고 다니는,
이 꽃의 얼굴을 닦아주세요
위독한 숲 바라기는 각도를 꺾을 줄 몰라요

자석

방향을 트는 동안 길이 바뀐다
끌려가는 곳 반대로 몸을 튼다

누구도 발 디밀지 못하는 공간 속으로
빛처럼 이동한 발꿈치 아래 펼쳐진 세상
지문을 간질이며 흐르는 은하가 되는 순간이다

눈 감았던 시간이 부서지고 흐르고
굳은살 껴입은 별자리도 자리를 바꾼다

껍질 두꺼워진 시간을 뚫고

누가 나를 잡아당기나 봐
늘어진 발바닥이 움찔거려
벗겨진 거죽이 춤을 추며 혀끝을 차

몇 년 후에 도달할까,
나를 당겨서 끌고 가야만 하는

그곳

다른 방향으로 몸을 튼다
떼 알을 슬며

공의 길

손톱 밑에 숨 가시들이 돋는다
눈으로 셀 수 없는 새끼들을
호박잎 속에 숨겨두고
햇빛 긁어모아 둥지를 엮는다

닳아빠진 손톱으로 허공을 파며
구멍에 딱 맞게 똬리 틀고
노란 주둥이 방긋대는 새끼를 품는다
옆구리가 차다
닳은 손톱으로 없는 집을 짓던 나의 아비,
허공의 구멍은 크기만 해
내 폐 속으로 바람이 들어찼지
아비가 길을 내면 그게 다 길이라고
걷지 못한 헛발질을 수도 없이 젓던 그때
아비의 발톱엔 피고름이 가득했지
그 발톱이 뭐라고
새끼들이 날아간 허공을 또 파고 들어간다
그림자도 노랑부리 한 떼를 생각하며

아비 뒤를 따른다

떨리는 날개를 뻗어 몇 번이고 몇 번이고

잿빛 공중을 휘감는다

뼛속이 텅 비워지고

홀로 더듬어 저 하늘 날아갈 때까지

손톱은 몇 번이나 더 빠져야 할까,

허공 흔들릴 때마다

소름이 제 키를 한 자나 키운다

깐깐한 그림자도 살이 오른다

새의 잔 발자국이 꾹꾹 박힌다

아연하다

구름 공원을 건너는 발자국이 구 불 텅
가파른 내 안 저쪽
나란 심급은 피 묻은 치맛자락보다 못해 하늘을 보지 못
하지

자연 질서법 7조 위반 혐의라니
사차원 세계에서나 벌어질 일이라고 고발당했지
벌건 대낮에 숲속에서 가슴을 열어놓은 채
오 나의 이브를 낭송했다는 붉은 죄

기원전에 살았다는 아담 씨는 내게 어떤 존재냐고 물어오
더군

나는 햇살론 가득한 시절 먹혀버린
그녀의 물 먹은 몸뚱어리를 만져주지 못했지
별똥별 쌓인 골짜기마다
안개로 떠다니느라 병색 짙은 낮달로 곤두박질쳤거든

머리카락 풀어 헤치고 산자락을 넘어간 후
집으로 돌아올 줄 모르는 내 영혼도
몸이 깨져버린 순간에야 알았어

개암이 수십 번 나뭇가지에 열릴 때까지 기다리던 삶은
숲으로 향했다고
안이 울면 밖의 울음통도 자동 열리는 법이라고
내 뒤통수에서 피가 흘렀어 상처로 피어났지

숯검댕이 육신이
깨져버린 눈물방울이

진물과 녹물이 같은 값이란 걸
에덴에도 토마토가 붉은 치마끈을* 곧 푼다더군

썩은 뱀이 꼬리로 울면 얼마나 운다고
죄

그 죄목이 뭔데

쇠사슬을 끌고 달팽이가 낸 길을 따라 밖으로 기어 나왔지

* 이혜민 시인의 두 번째 시집 제목에서 따옴.

진흙의 성

신은 어찌하여 사내의 갈비뼈를 불어 넣었을까

난 흙으로 빚었지만 흙을 알지 못했어
마른 몸에 세월을 덧붙였지
높이도 시간에 눌려 줄어들었어
덧대고 주무르고 고치는 여정이 숙명으로 흘러갔지
힘겹게 꽃대를 밀어 올린 칸나처럼
구멍이 뚫리고 바람이 드나들기 시작했어
비밀 통로를 흘러가던 꽃물마저 말라
비틀어지기 시작했지
꽃의 중심부에는 생의 흔적들이 난자하고
줄기들도 골다공증으로 무릎을 접었어

신은 어찌하여 이런 나를 만들었을까

메모리얼 파크

공원 묘원에도 건축 바람이 분다
없는 얼굴이 일조권 조망권 시비를 건다
번지수 주름이 반질반질하지만 더 넓혀달라고 봉분을
뒤엎는다
영혼들이 성냥갑 집을 뛰쳐나와
앞집 평상에서 정종을 정중히 마신다
술 취해 강시처럼 뛰어다니는 귀신
벌러덩 누워 입속에서 군내 뿜어내는 귀신
공원을 빠져나가 묘원 업자의 제사상으로 들어가는
귀신이 있다
향불 하나 밝혀 들고 산 사람을 흔드는 그
워찌 상다리 휘도록 차렸는디 오금을 못 편다냐
허리가 휘어졌다냐
소름 돋는 소문들이 머리 위를 떠돌고
눈알만 한 구멍 사이로 잿빛 바람이 들락거린다
배부른 귀신들 소리가 천장을 열어젖히는
메모리얼파크는 이 세상에 없는 현수막을 내건다
축 귀신의 집 분양!
평수를 전생의 집보다 더 넓혀드립니다

제2부

대가족의 거죽

　세탁기를 돌리다가 세탁기 통 속으로 굴러떨어져요. 춤추는 입들이 달라붙어 거품을 뿜어대요 세탁기가 돌아가요. 나는 뚝배기 깨지는 괴성을 지르며 돌아요. 똥오줌 깔고 누운 할머니가 이따금 날카로운 송곳니 가는 소리를 내요. 시궁창 속으로 빨려 들어가며 몸부림을 쳐요. 세탁기를 멀거니 바라보며 아빠가 단추를 잘못 끼웠다고 단춧구멍을 찢어요. 엄마는 천당 지옥 천당 지옥을 즐겨요. 그림자에 빨대까지 꽂아놓고요. 엉겨 붙은 폭력이 치마 속에 달라붙자, 엄마는 팔자걸음을 걸어요. 누가 버튼 좀 눌러 줘요. 엄마가 썩은 우물을 머리에 이고 가요. 돌부리에 차여 비틀거릴 때마다 뒤따라오던 가족들은 주머니 속에 깊숙이 감춰둔 비밀을 산 채로 삼켜요. 할머니가 벌떡 일어나 젖은 기저귀를 빨아요. 엄마 뱃살에 코 박았던 내가 일어서요. 엄마는 젖지 않을 만큼 머리를 풀어 헤쳐요. 언제 돌았냐는 듯 미쳐 날뛰던 과부하 걸린 세탁기가 멈춰 서요. 바스러진 내가 빠져나와요. 뼈도 못 추린 채 실쭉대는 나를 봐요. 나도 이젠 세탁기에 들어가기 싫어요.

지천명하다

그와 눈빛이 교직되는 순간
소리를 내며 온몸에 소름이 솟구쳤지
허공이 출렁대며 뒤로 물러났어

얼굴이 사람처럼 생긴 것을
형체가 있다는 것을
그의 몸 위에 씌워진 거죽을 보고 알았어

나를 갉아먹으며 사는 기생충인걸
나를 껴입어서 날지 못한다는 걸
그의 등을 보니 알겠어

언제부터였을까
그와의 사이에 바늘구멍만 한 천공이 생겼지
끈적한 숨소리가 한 덩어리로
그 구멍에 낄 듯 말 듯했어

그는 오늘도

해독할 수 없는 언어를 공기처럼 뱉어내지
읽어낼 수 없는 몸짓으로
볼 수 없는 춤사위를 만들어내지

하품하다

물밑 검푸른 눈이 반짝거린다
파인 볼우물이 웃으며 받아친다
물무늬가 엄마 미소 같아서
물살이 엄마 속살같이 폭신해서
와락 안겼을 뿐인데
파문이다
계절을 앞세운 바람이 꿈틀거려서
비늘은 상처투성이다
용틀임해야 승천한다는 이곳 전설이
비늘 속 솜털로 자라 수만의 날개를 접었다 폈다
유혹하는 찌
찌들을 부둥켜안고
꿈틀대는 벌레들의 욕망을 삼키며
하늘로 오른다
제 속에서 기른 힘이라고 다 날아갈 수 있을까
바람이 붕어의 뒷덜미를 잡아끌며
물속의 법칙을 알린다

날아봐 지느러미 날개가 있잖아

벗겨진 비늘이 윤슬로 출렁이는데
물방개가 그 모습을 넋 놓고 바라본다
끝 간 데 없이 오르는 물안개 하품에서
환상통 같은 비늘꽃이 피어난다

불량품 사용법

다리를 들다가 뜯어진 치맛자락을 본다
바람이 목을 죄는 듯 시들해진 맨드라미는
웃음을 흘리지 않는다
능선을 가파르게 넘어왔다고
숱한 바람이 자신을 내버려두질 않았다고
그 생각에만 매달려 있다
모든 게 바람이었다 해도 그중 한 바람은
맨드라미 곁가지에 꽃잎을 붙여준다
뻣뻣한 줄기를 이어주고
씨방 속에 씨앗도 넣어준다
그래도 바람이다
맨드라미는 엉뚱한 로댕이 된다
꽃도 아닌 것이 이파리도 떨어진 것이
검붉은 꽃을 피우겠다고 몸살을 앓는다
바람이 자신에게 더 잘 보이려고 애쓰는 것을 보면서
그녀는 바람에 꽃이 되고 싶어
어리석은 짓을 한다
원상 복구를 기대하는 건 꽃의 욕망일 뿐

그런 생각도 들어 삐걱거린다는 걸
우박이 내린 날 맨드라미는 안다
투척한 하늘의 별을 자신이 받을 때
제 벼슬꽃이 상처 나지 않으려고 오롯이 몸만
껴안고 있다고,
무서워 울다가 바람의 문을 두드리고 있다
닭벼슬 부푸는 그 붉은 밤에

또는 그 이름

이름 안에 이름 있지
오랫동안 물렁물렁한 눈물로 살았어
발길에 차이고 멍들었지
때론 유령으로 살았어
핏값의 희망으로
이름을 물어뜯던 비의 나날들
얼굴 없는 이름을 짊어지고
세상 어두운 뒷골목을 헤맸어
남루를 떡고물로 붙였지
저울추는 고장 난 채 보리밭 이랑
개똥으로 굴러다녔어
생의 빈 저울 위에 올려놓은
운명의 봉지가 발목을 잡지 않을까
값을 측량하지 못했지
아무도 봐준 적 없는 폭우 속
이름만 봄꽃일 뿐
헐렁한 땅에서 봄을 맞을 수 있을까
별 하나에 이름을 붙여 불러주듯

꽃 피울까 겹꽃

성남지원 2018호 명 3075
개명 신청서가
새벽 빈 뜰을 향해 뛰어간다

향유하다

어두운 광 속에서 그림자를 찾았어
실루엣 같은 공포가 웅크린 채 눈을 껌뻑거려

두려움이 어둠일지 몰라
어둠이 문을 열면 두려움은 맹수처럼 달려들어

왠지 마음은 황홀해
어둠의 실루엣이라니 신기하지

더듬는 손길이 이렇게 흥분의 몸짓을 낼 줄이야
내 몸에서 거친 숨소리가 들렸어

실루엣을 아는 심연일 거야
주변에는 두려움이 엷어졌어

황홀한 순간이 여명으로 엷어지는 일이라는 걸
두려움을 파먹는 일은 황홀을 부추기는 행위라는 걸

한 번도 만져보지 못했지
더듬는 어둠만 밤새 기어다녔어
지금까지 어둠 근처에만 살았거든
그림자가 길어질 때면 울음소리가 들리곤 해
울음은 어둠 속에서 황홀을 갉아먹지

어둠은 숨을 구멍 없는 흥분처럼 출렁거려
구멍이 비밀의 찌꺼기를 배설하네

버려지는 일
추방되는 일

항상 나를 유혹했지

분자 가열

당신이 말들을 끌고 다닌다
잇몸 사이 건너뛸 때마다
말 줄이 허공에 걸려 독거미로 자란다
당신 입속에서 실 가락을 뽑아내면

나는 말로 또 그물망을 짠다
수만 갈래 실들이 엉키고
팔딱이는 말들은 직조 속에서 꿈틀거린다
어떤 말은 말을 알아차리지 못한 채
뇌를 천천히 갉아먹는다

속사포 입에서 튕겨 나간 말은

당신의 몸을 옥죄며
뒷발질로 걷어차고
머리로 들이박고
쇠똥구리로 굴러 포탄을 만든다

채찍질한다고 말이 말을 알아들을까

허공만 떠돈다
잡아먹고 먹히는 말들은 열매가 없다

말과 말을 말아서 쓰레기통에 넣는다

콩나물국밥

숟가락 위로 솟아오른 음표들이
입술을 스치자 허기진 뒷골목이 깜짝 놀라 도열한다
골목으로 한 발을 밀어 넣으며 제 밥줄이라고 우기고
뵈는 게 없다는 듯 휘젓는,

구급차보다 굉음 요란한 하루가
온몸을 쏘다닌다
콩나물국에 밥을 말아 후루룩 삼킬 때마다
산비둘기 울음소리를 낸다

가족들에게 뒤통수를 얻어맞고
바닥에 줄 끊어진 핏줄처럼 기어다니며
된 하루를 말아 긁어 넘긴다

왁자한 불협화음 만드는 곳

고물거리는 음표들이 올챙이배로 부풀어갈 즈음
그들은 오선지 위에 새까맣게 올라앉는다

달라붙은 뱃가죽에 제각각 둥지를 틀며
높은음자리로 끓다가 애꿎은
어둠을 향해 헛발질한다

별의 본맛을 모르는 사람들은
뚝배기 바닥을 후벼 파며 곰 자리를 만든다

칩거에 들다

그림을 그리려고 한숨을 토해낸다
웅크리던 습관이 스스로 쥐어짠다
벌어진 창틈으로 들락거리는 습기
떠다니다 혓바닥에 달라붙어 떠날 줄 모르고
소리 없는 품속으로 파고든다
햇살에 부서지는 주사위와 주사위 사이
빗금과 빗금을 만드는 가슴은
그림을 피우지 못한다
창을 향한 꿈이 한 모서리를 점령한다
온몸으로 밀고 가는 허상도
진실을 받아주지 않고
곰팡이 핀 이름 석 자 습기로 덧칠하며
누구도 넘보지 못하도록 스크럼을 짠다
추상화가 벽을 환하게 채운다

얼룩 속으로 제 몸을 숨기는 허무의 빈 그릇

얼룩으로 변장한다

새까맣게 달려든다
영원히 지지 않으려고 파고드는
황홀한 존재의 묵은 꽃

윤슬

마음 밑바닥에서 솟아오른 눈물이
하품을 통해 바다로 뛰어든다
첫눈 받아먹듯 물의 혓바늘이 놀라
바람 빠진 가난한 풍금 소리를 낸다
잘려 나간 지난날의 사금파리들이
빈 시간의 조각을 맞추며
밀려왔다가 밀려가는 추억의 파도를 탄다
떠다니는 사금파리를 주우려고
나는 물속으로 뛰어들고
낚아채려고 허공을 휘젓고
억지로 잡힌 눈물방울들은
손바닥에서 멸치 떼로 파닥인다

너는 사금파리
나는 파도

바닷물이 서로를 밀어낸다
바닷가에 서서 귓불에 삼킨 울음을 대자

마음 깊은 심해에서 사금파리가
굵고 낮은 소리로 나를 부른다

발광하다

밤도 잠도 깊은 밤에
문을 열다 보았지
내 안에 살고 있는 반딧불이

이끼 낀 세월 그 수렁 깊은 늪
그림자 덮쳐오는 외로움 끝에
뜬금없이 환해질 때도 있었지

밤에만 뜬눈으로 날아다니고

안의 뒤쪽에서 황색의 발광기가
별빛으로 쏟아져 속살에 박히면
쉬 잠들지 못하고 비명을 질러댔지

반도 더 굳어버린 문 그 안쪽
새로운 낯선 빛 하나 만들어놓고
행여 아무도 오지 않을 풀섶에 누워
몰래 새벽이슬을 핥았지

여보세요 거기 아무도 없나요

작은 날갯짓이 너무나 가벼웠지

음음한 내 몸 한구석은 성충이 되어가고,

쥐생뎐

겨울이 와도 추위를 갉아먹고 살아남을
죽어도 살아놓고 사는 슬픈 짐승
두 손 비벼대며 굽실거리는 원죄를 타고나
기는 재주를 가진

어두운 골목에서 살려달라고 비벼대며
좁은 구멍으로 안내하여 전염병을 옮겨주는
송곳니가 뾰족한 주둥이를 뚫고 태어나
구멍이랑 구멍은 제 길로 모두 다 만들어버리는

실력자

막다른 골목에 다다르면 고양이 울음소리로
사람의 발자국을 읽어가는 그 잔머리의 힘

땅굴 속에서 지금까지
작은 제 발자국 속에 몸을 숨기고 때를 기다릴 줄 아는
습성

그만 아는 길 그가 찾아가는 길

땅속의 지도

새끼를 낳고 놓아주고 물 떠놓고 기도하는 그 여자

부자의 그림자

부자의 가치가 수직으로 상승하면 땅값이 뛰고
덩달아 패륜 값도 오른다 부자는 상속이 된다
금수저를 물고 땅속에서 뿌리를 내렸을까
한 부자가 땅따먹기 하다가 남의 땅을 슬쩍 노린다
그렇다고 내 땅이 되는 건 아니지만
그 자리에서 빨간 말목을 박는다
부자는 부자지간에 불식간 전송된다
누린 외래종 냄새를 묻히며 반드시 대물림되어야 한다고
조선 오백 년 시간의 아비에 아비들을 한 줄로 꿴다
나를 낳고 한 자나 뛰었다는 아비가 엄니 몰래
밖에서 사내 녀석을 만들었다
몇 개의 갑옷을 걸친 그 아들이
아비의 지팡이를 밟고 지나간다
아비가 금싸라기 땅에 알 박기 하자고 말뚝 박을 때
아들의 눈이 아비의 심장을 뚫는다
부서진 금은보화가 아비의 등을 찌른다

닻을 올려라

한순간에 깨져버릴지 몰라
나락으로 떨어져버릴지도 몰라

허상 켜켜이 부여잡은 자궁들
애비 없는 자식들이 애비가 되고

좁은 방은 문고리가 걸려 있지

들창문에 두고 온 애인의 발자국을 찾는,
뒷골목 뒤졌던 유기된 그림자

혼자서 벽만 바라보는 마른 가슴을
불쏘시개 분노로 불살라
아무에게나 태워버릴지 몰라

운명에 꼬인 탯줄을 잘라버릴 거야

그녀는 여성의 집 방문을 걸어 잠근다

메이드 인 이태리

오지의 다리에 붙어 함께 길을 갔지
척추 탈골증이 오더니 협착증으로 진행돼
한쪽 다리를 절며 꽁초 수북한 거리를 청소했지

부츠는
김치 냄새, 꼬리꼬리한 발냄새를 맡고
해독되지 못한 연인의 말까지 들어야 했지

발에 붙들려
한 해 동안 파인텍 굴뚝 농성장
구제역에 죽어가는 돼지 농장
독감 걸려 닭목 비트는 현장을 목격한 증인이라고
겁나게 불려 다닌 장화

발바닥만 핥다가 이유야 어떻든
산타마리아 광장에 버려져도 휴가는 휴가지

너는 내 발에 잡혀 피눈물 흘렸던가

나는 너를 한 몸이라 여겨 익숙한 상처를 보여주었지
잘 가라고 손 흔들지만
그런 널 베네치아 쓰레기통에 버리고 못된 나

손 모아 빈다
그 광장에서 휘장 번쩍이는 경찰견으로
다시 태어나길,

오래 버려졌던 부츠가 구두 수선공에게 붙잡혀
이태리제로 다시 태어나는 순간이지

제3부

꼬리연

두려움 속에서 살아온 별책부록 속 여자야

발톱을 꺼내 찍어라
녹이 슨 값싼 은장도를 꺼내 치맛자락을 찢고
피고름 고인 옷고름을 도려내어라

탯줄부터 딸려 나온 구질구질한 팔자를 잘라버리고
온몸으로 피를 흘려라

피눈물은 온몸으로 흘리는 게 아니더냐

벗어 던지고 날아가자
하늘 끝까지 오르는 허공에 발자국을 찍으며

털보다 가볍게 돌개바람으로 가자
발톱을 세우고 웃자
홀깃홀깃 뒤 돌아보지 말자

내게도 비장의 꼬리가 숨어 있단다

그 성에 가면

태초에 나는 뱀의 혓바닥 비슷한 물질이었어

날아다니는 어둠도 만지고 빛을 지운 채
몸의 옷이 되어버린 남자와
실지렁이로 기어다니며 살았어

내 뿌리는 남자의 물속이지 속살까지 아팠어
갇혀 있는 동안 한 번도 만난 적 없던
바람 든 허파와 쓸개도 보였어

나는 얼마나 물렁물렁한 존재인가,

어떻게 흘러 흘러 여기 한 족장의 여자가 되었을까

세상 오물을 뒤집어쓰고 온 날
꽃으로 피어 벌들을 불러들이기도
열매 달랑거리는 꿈을 꾸기도
하면서

나는 왜 물 바위 밑에 뿌리가 깔렸을까

어차피 죽지 않는 허울을 뒤집어쓰고 싶었는지도 몰라
실지렁이로 한 몸에 성을 쌓은 성주였어

신문고를 울려라

그랬나 끝까지 해삐라

느므 새끼 올라가 있다카믄 속상했것지만서도
내 아덜이 올라가 있어 그나마 다행이제

이래 내치구 저래 내치구 오날날까지 짓밟기만 한 몸뚱이
아이가

근디 야야 그 까마득 높은 송전탑엔 우예 올라갔노

월매나 억울함을 호소할 때가 없으믄
죽을 둥 살 둥 거기까정 겨 올라갔겠노 말이다

말 못 하는 짐승매냥 억수로 들이박았는갑다
하늘도 피멍 들어 시퍼렇게 질리삤다

애꿎은 송전탑만 붙잡고 울고불고할지 내사마 몰라다카이

짓무른 눈가 마를 날 없는 에미를 생각해서라도

저 개가죽인지 소가죽인지 찢어질 때까지 받아뻐라마

칠백 년의 약속

멀어져가는 눈으로
창호지 같은 귀로

입을 막아버린 어둠 벽에다
먹먹한 시어들만 새겼지

이다음 생엔 구름으로 태어나
그림자에 발목 잡혀 살지 말자고
하얀 세상으로 물들이자고

백 년에 일 센티미터 자란다는
석순의 손가락을 뽑아 올려 약속했지

밀어 올리느라 닳아빠진
마음 끝이 구름 되어

당신에게 달려가 또
다른 생을 여는 날

그날 거기에 당신도
구름 되어 달려오겠지

7센티도 못 되는 손가락으로
7센티만큼 흔들었던 약속을

올해로 육백구십구 년 지키고 있지

거기서는 입이 터졌능교

입 없는 사람이 시래기 조림 냄비를 먹고 있다
막걸리 주전자를 마시고 있다
어린 새끼들 종지기처럼 앉아 있다

고래 심줄같이 질긴 시래기가
옆구리 짓무른 속살을 퍼렇게 드러낼 즈음
찌그러진 주전자가 문 닫힌 구판장 주위를 서성거릴 즈음

술상은 한결같은 모습으로 공중돌기하며
마당 한가운데로 날아다니고
종지기들 벼락 맞은 듯

엎어지고 자빠지고 뒤집어지고

금 간 데 하나 없이 멀쩡한 채
쫙 반으로 갈라진 채
산산조각 박살이 난 채

입 없는 사람이 쓸어 모으고 있다

기억조차 똑똑 이 잡듯 죽이고 있는데
절도 못 하는 지집년이 뭐 할라꼬 겨왔노
없는 입에서 고였던 말이 버럭 소릴 질러댔다

이 빠진 년 깨진 년 금 간 년
제상 앞에 고개를 떨어뜨리고 죽은 듯 말이 없는
여전히 멀쩡한 것 하나 없는

사량도

바다의 당신은 오늘도 바람으로 운다

어떤 바람이 해안 빈 병의 꿈을 노래한다
화음 없는 악보가 귓가에 펼쳐진다

바다를 읽다가 검푸른 바닷속으로 뛰어들던 곳
숨이 멈추었던 거기

너울 파도에 쓸려가던 당신 환영이
바닥으로 나를 기게 한다

바다를 일으켜 세운 후 파도를 타고
그 깜깜한 세상을 수평선 쪽으로 끌고 간다

지구는 둥글다

바다 끝으로 사라져버린 오랜 사람아
고래가 뿜어 올린 그대 옷자락이 부표로 떠다니다

시공을 달려와 나를 이렇게 흔들 수 있단 말인가

별처럼 아프게 찔러대는 윤슬로
파도 위 빈 병으로 떠도는 당신

어느 세상에 있을 그대 영혼을 검색한다

나는 아직도 그날을 끌어안고
당신의 검은 안
풍랑의 귀를 잡고 목 놓아 운다

몽유도원도

어슬렁대는 것이 심상치 않아

방 안 가득 흔들리던 촛불
온몸에 칭칭 감고
울타리 안으로 들어갔어

문틈을 뚫고 기어 나가
펴지지 않는 오금으로
호리는 그림자 발자국 따라
그 안으로 들어갔지

가시에 찔린 꽃이파리
붉은 무릎 사이에 끼었어

문고리 붙들고 몇 바퀴나 돌았을까

어둠을 물고 들창문 지나 굴뚝 지나
숨어든 달빛

달그림자 터질 듯 부풀어 올라
탱자나무 울타리 숨소리도 찰졌지

벌떡 일어난 회오리바람
눈 깜짝할 사이 그 사이
미끄러지듯 빠져나갔지

밤바다 위로 반쯤 벗은 달이
아슬아슬
영원으로 넘어갈 것 같았어

금빛 은행잎*

묵은해를 보내고 지난봄에도
여린 몸으로
아프게 헤집고 나온 건
비바람을 대신 받으며 그냥
보듬고 싶었습니다

푸르름 점점 깎여 제 입술이 마르면
노란 차림새로 깃을 꽂은 채
스르르 몸을 벗어 당신 발아래
머물고 싶었습니다

다른 이들 울긋불긋 나뒹굴어도
이렇게 제 한 빛깔로 숨죽여 흐느끼는 건
바람결에 묻어올 님의 숨결
느끼고 싶어서입니다

시린 바람이 휘감고 지나간 자리
찬 서리가 찔러댄 상처 속에서도

여전히 반짝이는 건

그댈 향한 영원한 금빛 기약 때문입니다

* 정다운 우리 가곡 수록.

촛불*

말라붙은 심지 쓰다듬어서
살며시 불을 붙여준
살며시 붙여준

날마다 밤마다 내 몸을
홀로 태우게 만들어버린

한 뼘 발자국도 뗄 수가 없어

이렁이렁 흰 속살 드러낸 채
소리 없이 발밑으로
뜨거운 눈물만 흘려놓을 뿐

보일 듯 숨은 듯 흔들리는
눈빛 물무늬를 만들며 이렇게
내 속 깊이 흐르는 아무르강

건너가고 있는 당신은

누구여요

* 정다운 우리 가곡 수록

엽서 한 장

흰 나비 한 마리

주저앉을 것 같은 집
몇 년 만에 빠져나와

꼬부랑 험한 산길
몇 날 며칠 날아왔다

눈물 마를 날 없는
당신보다 더 거친 내 손등

덥석 잡으며 엄니는
가쁜 쇳소리로 웃는다

개명 명령어 3075

91

독수리가 상처 난 부리를 부숴버리고
살아남기 위해 마지막 이름에 목줄을 건다
뒤엉킨 핏줄기 거슬러 올라 발톱도 자른다

독기를 가둔 억겁의 족쇄가
이름에 화인을 찍었는가

절벽 끝에 머리를 쿵쿵
얼굴에 계란을 굴리며
히말라야 독수리로 살아남기 위해
이름을 찢고 또 찢는다

막다른 골목 끝에서 잡은
새 이름 3075

히말라야 독수리가 설산 위를 날듯
절벽에다 무뎌진 부리를 쪼개듯

잔도

귀신도 왔다 울고 간다는* 귀곡잔도라

귀신보다 더 귀신 같은 사람들이
천자산 남근바위 귀두를 잘라
하늘길을 냈지

구름옷 훌훌 벗어
천오백 미터 공중에 걸어놓고

태양도 눈감은 벌건 대낮
천자산 바위봉님 열락에 들었어

신세계가 코앞이라

여인의 둔부처럼 만져지는
수억 년 숨겼던 비밀의 문 열렸지
수억만 정자들
꼬리에 꼬리를 물고 파라다이스

출구를 찾지 못한 채 맴돌았어

천만 줄기 핏줄이 뻗쳐나가
하늘 문 뚫으려고 한곳으로 모였지

길목마다 떨어뜨린 씨앗들
더 길어진 혓바닥 날름대며
솔바람 속에서 꿈틀거렸어

저 하늘에서 마중 나온 흰나비 한 쌍
영원으로 가자고 나풀나풀 손짓했지

황홀경이 사방에 걸려 있었어

* 중국 장자산.

꽃들이 만발하는*

지금 진규라 불리는 나무와
은솔이라 불리는 꽃이
화단에 가정을 심는다

옮겨 심은 뿌리가 며칠 동안
몸살을 앓을지도 몰라
낯선 환경에 물기가 마를지도 몰라

이내 부모님이 뿌려주는 사랑으로
하나님이 내려주는 은혜로
사람들이 보내오는 격려로
서로의 눈을 맞추며 화단을 일굴 거야

행복 꽃들 온몸으로 밀어 올려 피워낼 거야
바람에 뛰노는 햇살만큼 가득할 거야

비가 오나 눈이 오나 바람 불어도
진규는 가지 튼튼한 나무가 되어
은솔꽃이 활짝 피도록

봄 여름 가을 겨울 지켜주겠지

지친 새도 날아와 노래하고
바람도 나뭇가지에 걸터앉아 쉬도록
어깨를 내어주겠지

은솔이는 사시사철 웃음꽃으로 피겠지
그래 방긋방긋 필 거야

이 세상 하나밖에 없는 화단
두 손 꼭 잡고 둘이서 우주를 만드는 날
눈이 시리도록 아름다운 은솔이와 진규라는 화단

예쁜 방울꽃도 피우세요
든든한 소나무도 심으세요

* 2023년 6월 24일 아들의 결혼식.
　사랑하는 진규·은솔이에게, 엄마가.

고추잠자리

남자아이가 외줄 타기 한다

커진 눈 굴렁쇠처럼 굴리며
굳은살 박인 발꿈치로 줄을 잡고
사뿐사뿐 공중을 들었다 났다
촉수 끝이 뾰족이 일어선다

허공도 출렁거리며 춤추는 시간이다
춤사위에 넋이 나간 구름은 어깨가 둥싯둥싯
바람은 부채 끝에 매달려 낭창낭창
긴장한 땀방울만 후드득 떨어진다

뼛속까지 긁어내랴 바닥 기면서
허물 벗고 날아오를 날만 손꼽았던
수많은 날

저 아이는 알까

날개를 펴기까지 빨갛게 익은 상처가
허공 이쪽에서 저쪽으로
단숨에 찢는다 꿰맨다 마술사처럼
숨소리마저 시침질이다

마른침 꼴깍 삼키는 사이
빨갛게 익은 아이는 인사도 하지 않고
허공 너머로 줄을 끌고 사라진다

내 혼을 쥐 나게 하는 저 아이

만성 두통

언제부터 머릿속에 벌레들이 우글거렸을까

어둠의 손톱이 들락거렸다
떠다니는 모든 것을 쓸어 담아 머릿속에 쟁이고 있다

아프다는 감각이 꽈리처럼 피어났다

쪼아봐도 두드려봐도 줄어들지 않는

마르지 않는 샘물처럼 벌레들은
세포 분열을 이어갔다

아심한 밤에도 알을 슬며 떼 지어 뛰어다녔다

제4부

능소화

그렇다고 이 손에 힘을 풀 순 없다
손톱 끝으로 가득 찬 소문을 집어내면서도 소문 속에
내가 웅크리고 앉아 있길 바랐다
검은 발자국이 나타나는 밤이면
뒤란 장독대의 갈잎들 자지러지는 소리
잠들지 못하고 뒤척이던 별빛
그가 돌개바람 구멍 속으로 콧노래를 부르며 빠져나가던,
소문은 소문일 뿐
꽃잎에 싸서 날려버리면 그뿐이라고,
소문은 그대로 두고 절벽을 기어 올라왔다
고리를 걸며 뒤돌아보지 말자
키를 낮춰도 내 안으로 폭포수처럼 흘러내렸다
날카로운 말뼈들이 머리를 덮쳤다
어질머리 일으켜도 소문들을 지울 수는 없지 않은가,
그녀가 내 안에 살고 있어서
위험한 경계 끝에 얽히고설켜서
헛발질만 하는 소문
힘겨운 유혹이다
또 그게 천 길 벼랑 끝에 서 있는 나를 붙잡기도 하는,

죽어도 놓자 바위*

너도 납작 엎드린 생명이구나
발이 잘려 나간 것들도 손가락 뭉그러진 것들도
모두 다 정 끝에 찍혀
죽고 싶어도 죽지 못하는구나

밤마다 어매 젖무덤은 피고름으로 넘치고
통곡이 너럭바위에 쏟아졌다지

녹물 흐르는 시간은 홍수가 져야만 쓸려 가는걸
모르는 척 누워 있는 바위야 너는 아니
구둣발로 밟으며 모서리가 파헤쳐질 때
많은 핏물은 가슴으로 스며들고
네 얼굴에 그늘막을 치고 있는 금송들은
왜 눈물이 붉은지
일몰은 왜 젖몸살로 떨었는지

메어도 죽고 놓아도 죽는 바위야 너는 알지

어둠 깊은 곳에서 피어난 검버섯 꽃을 보렴

그 꽃잎을 펴 가두리 철망에 널어놓고

어르신 보호구역이라고 말하잖니

홀쭉한 소문만 노을빛에 젖는구나

사랑이란 말이 빨간 벽돌 그 안에서 진달래로 붉구나

새끼들 얼굴은 상처에 스며들어 보이지 않고

알아들을 수 없는 말이 철망을 흔들며

어둠을 뿌리는구나

눈 감고 귀 막고 그저 막고

넓기만 한 기억의 땅을 헤엄치며

엎드려도 백 년은 족히 피고름을 삼키는 바위야

* 소록도에 있는 바위

베개 든 남자

쪽방을 나와 홀로 걷는 대낮
푸석한 간판들
눈 풀린 불빛들이 내 모습 같아 가래침을 뱉는다

뒷골목 바닥에 쌓인 담배꽁초 같았던 날들
그 혼미한 추억을 피워 올린다
흰 이를 드러내며 웃음기도 날린다

이제는 날 선 손끝으로 풍선을 잡지 않으리
미끈한 시선을 핥지 않으리
바람으로 끈적한 몸을 닦는다

어쩌란 말인가

낮달을 보는 순간 취기가 끓어오른다
누군가 내 머리를 만져주면 그대로 또 안기리
허물 벗어 더러워진 껍질을 보듬어주리
번개가 나를 관통하겠지

뭉개진 담벼락에 코를 비비고
내 몸 여기저기 돋아나는 역마살을 결단코 밀어내야지

얼마나 많은 벌레가 이 파리지옥에 흘러 들어온 걸까
셀 수 없는 순간이 지나가고

등을 파고드는 칸나의 혓바닥이 내 몸을 기웃거린다
역마의 길을 틔운다

탈피

애벌레는 얇은 손톱으로 허물을 벗는다
바람이 엉겨 붙은 등짝에서
맨땅 긁어대는 발톱 밑에서

실핏줄로 얽힌 피돌기를 멈추며
고요히 죽음을 뿜어낸다

잠긴 날개가 가벼운 운무에 몸을 담고
두둥

산도 쉬이 넘으리

한 번도 구경하지 못한 발밑 물 밑 세상을
생각하며

딱딱한 거죽을 벗어놓고
삼베옷으로 갈아입으며 제 눈 속으로 영혼을
보낸다

지구의 구멍을 찾아 저세상으로
그리고 또 다른 세상

또 다른 죽음의 갈대밭에서
물잠자리가 애벌레 껍질을 벗고 먼 길을
몇 번씩이나 가고 있다

바람이 내주는 그 길을 따라,

갈잎의 노래

갈 때 따라가지 못했어요
유유상종 끼리끼리
가슴에 선홍빛 단풍 띠를 두르고
핏빛 물결로 한 덩어리 되었어요
떨어지지 않겠다고 물들지 않겠다고 버티다
쓴 물도 환했던,
단물도 다 빠져버렸어요
아비와 친척과 본토까지 버렸어요
떠도는 바람의 뒤통수를 따라
오늘은 이 거리 내일은 저 거리를
가끔 아주 가끔은 머무르고 싶어져요
우연처럼 첫눈 속에 갇혀
그들의 발밑을 맴돌다 부서진다 해도
딱 한 번 숨 멈추듯 멈추고 싶어요
달콤한 주검 속으로 빨려 들어 죽어도 좋아
밑거름이 될 수도 있잖아요
후생을 힐끔 돌아보면 울울창창한 숲이 될지
그 아래 다리 뻗고 쉴 때

한 사내가 날아와 부둥켜안고 울지 누가 알아요
상상만 해도 얼굴이 동쪽을 향해요
그런 허무맹랑한 생각은 밟아주세요
속보가 뜨네요
강한 북쪽 제트기류가 이리로 날아오고 있다고,

나, 이미 오래전에 죽었어요

죽음을 반죽하는 동안

뒤척이며 침상을 흔드는 죽음이
목구멍 속으로 바튼소리를 타고 들락거린다
목숨줄 이어주는 죽음의 무게가
헐떡거리며 삶을 밀어낸다
흰 눈동자를 휘두르며 습자지처럼 얇은
구십일 년 묵은 몸을 들어 올린다
습기 한 방울까지 짜내 제 입을 열어놓고
살아 다 하지 못한 말
새끼들 마음에 뜨겁게 새기며
헉 하고 그녀는 죄 닦은 눈물로 허상을 보는가
떨리는 눈꺼풀을 내린다
먼저 간 젊은 지아비가 찾아왔는지 사지를 뒤튼다
쪼그려 앉아 볼일 보다 배내똥을 싸버린 지아비
웅크린 채 쓰러진 그런 죽음이
박제된 시간의 문고리를 열고 환영차 왔는가
천만 갈래 운명 줄에 매달려
붉은 옷을 덧칠하는 시간의 벽이라니
가난한 뒷마당을 흔들던 꽃상여가 긴 대지에 얼음꽃을 토

한다
　식은 몸에 피어나던 요령 소리도 따라간다
　가슴에 품지 못할 지팡이를 거둔 채 청상의 질곡을 건너
　굽어진 허리와 오금을 풀어 발톱 아래 내려놓는다
　사각 벽에 갇혀버린 검은 그림자

　가볍게
　깊게
　그녀의 육체를 뒤집어쓴 채 홀로

　흐트러짐 없이 정중하고도 반듯하게

세상에 망친 가면극은 없다

그가 가면을 뒤집어쓰고 죽음의 늪에서 살아왔을 때
잠자리는 하나의 몸에서 하나를 빼내고 다시 제 것을 집
어넣었다
몸 안에서 발자국 없이 기어다녔다
귓속에도 알을 슬어놓았다
피고름마저 놓아주질 않았다

잠자리가 밤마다 애총을 뚫고 기어 나온 것은 늙은 여자
였다

욕창 침대를 달고 떠다녔다 모르핀 주사 외에는 더할 수
있는 게 없다고 하얀 가운을 걸친 입술이 저승 문을 열었다
각진 그림자가 그의 몸을 제 속에 밀어 넣고 양손을 바쁘게
굴리며 생목숨을 희롱했다.

그런다고 생의 탈이 벗겨질까?

잘린 비명이 링거 줄에 매달려 바둥거렸다 고통 없는 세

상도 있더냐

　산소통이 끓어올라 가글가글 말했다

　사선으로 미끄러지는 그를 벗기려고 금단의 가면들은 경
계 따위 안중에도 없었다
　잠자리는 꼬리로 목을 조여왔다
　늘어진 몸을 껴안고 물고 뜯고 반듯하고 정중하게 눕혀놓
았다

　제 얼굴을 잃어버리자 멋쩍게 웃고 있었다
　그의 걸음이 늪에서 허우적거렸다 뼈만 하얗게 빛났다

죽음 해부학

집으로 가고 싶구나
하루 세 끼 밥 좀 먹어보고 싶어

묶인 당신은 침으로 흔적을 지운다
목적 없는 회귀가 담장 밑으로 살곰히 기어든다
고양이 발자국을 밟아간다

한 움큼씩 짙은 그림자를 퍼내는 당신
침묵을 뚫고 가쁜 숨을 흘려보내는 게 전부라며
깜빡이는 심장은 이따금 기억을 거두어 올린다
뒤집힌 흰자위로 못다 한 말을 뭉쳐댄다
곰삭은 땀방울이 주름살마다 흥건하다

집으로 가요
어서 눈을 떠봐요

마지막 봉우리를 마저 오르자고 등 떠밀어도 잔기침은
눈치도 없이 불씨의 노즐을 천천히 감아올린다

사방 길이 열려버린 지금 빠르게 길을 낸다
눈망울 속으로 모든 길이 잠기어간다
그 위로 끈질기게 달라붙는 기계음만 당신을 지켜보며 목
숨줄을 지킨다

뒤척이던 바람이 사이렌을 흔드는 그 깊은 밤에 노을 꽃
을 피운다

당신은 물큰한 젖비린내 풍기며
힘주어 마지막 배내똥 해산식을 한다

뒷골목

돼지 피 붉은 살을 맨손으로 썬다
저울에 올린 살 한 점 살짝 빼서 훌쭉 가방에 채워 넣는
나는 그런 사람

신장개업하자마자 폐업하는 가게를 인수해 붉은 광을 내
고 지폐가 넘치도록 손익계산서를 생각한다
위반건축물 체납자인 주인은 집착력이 강한 찔레 넝쿨 같
고 날카로운 가시를 온몸에 달고 금수저라며 으스댄다
한사코 남의 발을 밟으며 떡잎 노란 것들이 꽃이라고 우
긴다

주먹으로 말하는 어깨들이 무섭고 혐오스럽듯 뒷골목 사
람들은 빛과 그림자가 주먹이 된다

근수가 빠지고 없어진 만큼 살을 붙이는 돼지들과 사람
의 혼을 끌고 다니는 거리에서 나는 동물의 신분증을 갖고
산다

먹어도 늘 허기진 구멍에서 살 빼먹기로 한 여자

털어도 나오는 게 없는 빈 가슴
오색 별빛을 병따개로 따 동전만 채워 넣는다
때때로 호흡이 뜨는 병원 응급실에서 죽음을 들이받는 멧
돼지로 산다

여긴 바이러스들이 우글거리는 뒷골목

사람들 피 흘리는 비명 때문에 나는 신장개업 삼 개월 만
에 가방을 싼다
덮개 씌운 트럭에 상표도 떼지 못한 금고를 숨기면서

홀씨로 날다

어미에게 버려졌지요
눈뜨면서 알았어요
입을 크게 벌려 울지 않으면
살아날 수 없다는 것을
여물지 않는 등짝으로
나보다 더 단단한 나를
몸 밖으로 밀어내지 않으면
죽을 수밖에 없다는 것을요
말하니 보이기 시작했어요 나는요
파도 소리로 목 놓아 우는데요
망망대해는 육지를 보고 호령했어요
작은 파도가 얼마나 서럽게 부서졌는지
얼마나 많은 비늘이 벗겨졌는지
밀려나 보니 알겠어요
하늘 지느러미를 바라봤어요
목젖이 터지도록 입 벌리고
손 가지런히 모아
미안해 미안해
파도에 빛을 비췄어요

씨감자

씨감자 파란 싹 같은 불알친구들
흙에서 나 흙에서 함께 뒹굴며
흙 말씀 쑥쑥 받아먹고
실하게 컸다

성질 급한 놈은 친구 따라 나오고
늘 변방을 떠돌던 놈은
구석쟁이 처박혀 보일 듯 말 듯
안 나오겠다고 버티던 놈은
호미에 찍혀 마지못해 딸려 나오고

어떤 놈은 번듯한 상자에 포장되어
고급 차에 실려 도시로 떠나고
어떤 놈은 시커먼 비닐봉지에 담겨
트럭에 매달려 달동네로 가고

잔챙이들만 옹기종기 모여 앉아
하하 호호
산골 마을 감자학교 동창회

죽음의 모양

등허리부터 썩은 살점이 입에서 말 거품으로 부푼다
부위마다 다른 모양으로 구멍을 만드는 살점들이
앓는 소리로 나온다

문자를 뭉쳐놓은 절규다
이빨 사이에도 고통이 끼어 있어 피고름이 떨어진다

고통이 망각의 늪을 꿈꿀 때
비탈길 더듬는 그림자를 본다
늪은 질퍽거리거나 끈적거려 더 깜깜하다.

등짝에 엉겨 붙은 시간을 떼어내고
그 위에 생목숨을 덧댄다
육신의 그림자가 자신을 핥으며 내려다본다

기억도 연장할 수 있을까
신음이 식음에 걸쭉하게 엉겨 붙는다
한 뼘이나 이어 붙는다

하반신 마비라는 병명이 붙여질 때
그는 사람이 아닌 산송장
바람이 겨드랑이만 간지럽혀도 혀끝부터 자지러진다

그의 살점을 떼어간 재생 테이프 입은
집문서 들고 집을 나간 남자, 이미 쓰레기통에 버려졌고
새끼들도 그를 모른다고,

욕창이 굳어가자 뼈가 드러난다

검붉은 피 속엔 자음과 모음으로 얽힌 뼈가 희끗하다
썩은 피가 신음을 타고 흘러나오다 입안에서 맴돈다

온 벽이 신음의 그림자다

이명

귀에서 냇물이 쉼 없이 흐른다

가끔 놀란 송사리 떼 돌 틈으로 숨고
고막으로 박제된 풍경이
파도처럼 밀려오는 날이 많다

설거지를 하다가 한 아이 흐느낌을 엿듣고
샤워하다가 어미 치맛자락을 만나고

흐르는 물소리를 따라
머리를 조아리는 날이 많아진다
냇물이 귓속에 차올라
속절없이 시간 밖으로 떠밀려 가기도 한다

길게 산다고, 산벚꽃 피어본 적도 없는데
생의 아픈 소리만 떠다니는가

내게 시냇물을 흘려보내지 말라

엿듣고 싶은 그 무엇이 있기에
강바닥을 후비는 울림을 앞세울까,

어매를 부르다
부스러기 어린 나를 만나 부둥켜안고 운다
빨래하다 말고 폭포 소리에 또 놀라
어깨를 크게 들썩인다

말의 기포

서로 말을 하자고 입만 벙긋대던 날들이 갔어
말의 길이 닫혀버린 입을 한일자로
여닫은 채 말 없는 모양을 찍어냈지
신화에 나오는 줄기를 따라 뭔가를 만들려고
쏜살같은 길을 만들며 기어갔지
제발 무어라도 되자
빈 깡통처럼 소리만 요란한 게 대물림은 아니겠지
전통은 바위틈에서 흘러나온 물은 아닐 거야
역사와 역사 사이에서 뭉개진 울음은 얼마나 강력한가,
말을 만들어내지 못한 후에도 여전히
말의 공복에 시달리는 걸 보면
차가운 얼굴은 조상인 아버지의 아버지 작품일 거야
말을 통하여 감정을 전할 수 있는 날들은
단 한 번도 온 적이 없으니까 대신
세상을 뒤집으면 새로운 길이 열리지
파손된 말은 주변을 파랗게 물들이면서 떨고 있는 무표정
이지
외침 같은 고요한 시간이 지나가고

하루라도 말이 없으면 안 되는 절실함에 대해
이 세상 누구보다 간절해지지
손이 입의 망치가 되려고 해
아무도 알아듣지 못하는 말을 위해

덩이줄기

눈 감으면 뛰놀던 발자국 소리가 나
문 열고 밖을 내다본다 밭고랑의 감자알들 구르는 소리

싹 트기도 전에 눈알 빠진 씨감자가 되는 운명
누군가를 위해 태어난 나도 외딴집 담장 밑에 버려진 건
아닌지

가난을 뗏국물로 묻힌 잔설 속에 허기진 등가죽이 보이고
남몰래 물배 채우던 그림자의 한숨이 깊다

감자 캐는 일은 가난 속에 박혀 있던 시간을 만나는 일이
지만
구석쟁이에 웅크리고 있는 나를 찾아 헤매는 일이기도
하다

별을 헤며

이슬을 받아먹고

돌자갈밭에 박혀

가느다란 핏줄의 지붕을 받치던 맏이

한 뼘 땅속 풍경은 어둠을 뒤엎고 밖으로 나와서야 완성
되는 걸까
물퉁이 줄기로 남아서 덩이를 품는다

아프다

밭이랑에 모여 앉은 감자를 보며
파헤친 추억 속에서 상처가 울 때
어린 씨감자도 눈알을 비비며 바짝 안겨 온다

맺힌 덩이들이 속울음을 캐는 밭이랑 끝, 그 춥던 외딴집

타자 삶의 핵심을 온몸으로 체현하는 자아

권영옥

2003년 『문학과 비평』 등단을 시작으로 디카시집과 전자시집을 포함해 다섯 번째 시집으로 『지팡이는 자꾸만 아버지를 껴입어』를 출간한 이혜민 시인의 시력은 22년 차다. 중견 시인인 만큼 그녀의 시적 세계관도 시간에 따라 변하고 있다. 그 가운데서도 올곧게 한 지향성을 보이는 세계관은 남성 중심적 사회에 대한 전복욕과 인간 죽음에 대한 관심이다. 이 세계관에 대한 시인의 오랜 탐색은 겉으로 보기에는 그저 시의 주제를 위한 이해의 과정이라고 생각할 수 있다. 하지만 자세히 보면 인간 삶의 방식을 사랑으로 구현하고자 하는 시인의 사유다. 왜냐하면 시인은 서로 다른 성차에서 느껴지는 분열과 반목이 사회의 갈등을 일으킨다고 보았으며, 또한 타자의 죽음과 연민 그리고 죽음 너머 어떤 것에 대한 책임 요소가 뒤따른다고 보았기 때문이다. 이 외에도 시인은 사회적

인 고용 환경 문제도 놓치지 않고 깊이 바라보고 있다. 이러한 작업으로 얻어진 다양한 세계관을 하나로 통합해서 타자 삶의 고통을 시인은 체현해 나가고 있다.

그만큼 시편들은 시인의 상상적 체험이기보다 현실적 체험을 보여주는 작품이다. 이 시집을 통해 시인은 주변과 가족, 다수 타자의 삶에서 발생하는 요소를 주관으로 추출해 새로운 사물이나 현상으로 재구성하고 있다. 루카치는 시에서 나타나는 현실 체험의 미적 반영을 자신의 일상생활에서 분화되어 나온 반영이라고 말한다. 이 말을 뒷받침이라도 하듯 시인은 젠더의 변성을 드러내는 자신의 여성성, 주변에서 일어난 소문과 말의 문제점 역시 일상생활에서 분화된 것이라고 한다. 또한 시인은 사회 구성원에서 소외된 대상을 현실 세계로 불러내어 가족의 삶으로 형상화한다. 동시에 그녀는 죽은 부모까지도 — 전생에 인간 모습을 가졌고, 자의식을 가졌던 존재를 — 유한적 존재나 물질로 보지 않고, 이들을 현실 세계로 복귀시켜 산자의 기억으로 변형해나간다. 이러한 점이 시인의 일상적인 삶에서 분화된 반영이다. 따라서 시인은 시에서 일상생활과 밀접한 다수 타자를 현실 체험으로 재구성해 그 현실 세계 속에서 인간 사랑의 의미를 보여주고 있다. 말하자면 하나로 통합된 윤리관[1]이 이혜민 시인만의 개별성과 보편성을 획득하는 인간 중심 관점이라고 할

---

1 게오르규 루카치, 『현대리얼리즘론』, 황석천 역, 열음사, 1986.

수 있다.

　먼저 죽음에 관한 세계관을 들여다본다. 이 시는 시적 자
아가 죽은 자를 현실 세계로 불러내어 산자의 기억으로 변형
해 나가는 작품이다.

　　　다리가 열릴 때마다 한 발이 삐끗 넘어지고
　　　다리가 닫힐 때는 몸이 가만히 오므리지

　　　울음이 넘쳐 출렁이는 출렁다리
　　　차라리 바람 소리로 시끄러웠으면 좋겠어
　　　천둥번개라도 찾아왔으면 해

　　　쇳소리만 입안 가득 한숨을 물고 가족들은 소리에 끌려다니지
　　　아니 소리에 달라붙지 아주 오래되고 익숙한 듯

　　　주저앉아 살아온 날들을 모래알처럼 굴려

　　　아버지를 껴입은 늙은 지팡이가 자국 한번 짚어내는데
　　　눈자위가 움푹 파인다고
　　　말린 눈물꽃 걸어두려 허공에 못을 박고 있지

　　　중심에서 이탈한 발자국이 어지럽게 찍으며 사라지는 흔적들

　　　그 소리도 삶이라고 쿵, 가는 주인의 다리를 위해
　　　지팡이가 큰소리를 치네

쉿소리로 마침내 말없음표를 찍으면서
　　　　—「지팡이는 자꾸만 아버지를 껴입어」 부분

　위의 시는 자아가 이미 죽은 아버지를 '지팡이'와 동일시하
면서, 생전의 고통을 현실의 장으로 불러와 산 자의 기억으
로 변형시키고 있다. 죽기 전 인간의 육체적 고통은 극에 달
한다. 그 고통은 아버지의 다리가 한 발짝 앞으로 나갈 때마
다 넘어지면서 내는 신음이다. 이런 울음을 시적 자아는 '출
렁다리'라고 명명한다. 자아의 심리 속에는 울음이 들리지
않게 "천둥번개라도" 쳤으면 하는 소원이 들어 있다. 말하자
면 늙은 지팡이 소리가 아버지를 껴입고 돌아다닌다는 것이
다. 더 나아가 그 지팡이는 가족들까지 껴입고 돌아다니기
때문에 가족들은 지팡이에 끌려다닌다고 말한다. 이때 아버
지의 입에서 나는 쉿소리가 한순간만 나는 게 아니다. 가족
들에게 오래 들릴 정도로 익숙한 소리다. 이를 통해서 보면
아버지의 병환은 이미 죽음에 이를 정도로 깊다고 할 수 있
다. 마침내 쉿소리는 쿵 소리로 바뀌어 아버지의 입을 '말없
음표'로 찍는다. '쿵'은 아버지의 죽음을 알리는 사건이다.
　시인은 아버지만 삶의 현장으로 복귀시키는 게 아니라 어
머니까지도 저승에서 이승의 현장으로 복귀시킨다.

　　어매는 기름 묻은 손으로 기다릴 거야
　　동구 밖 느티나무 꼭대기에 걸터앉아 땀을 닦겠지

늦게서야 넘어가는 달을 따라 지아비 무덤으로 달려가겠지
벌초 못 한 자식들 대신 웃자란 풀들만 잡아 뜯고 있을 거야
새끼들 불러 모아 옆구리에 끼고
삐거덕거리는 고향집을 맨발로 찾아갈 거야
빈방에 굴러다니는 소주병도 보듬고
빈집 지키는 먼지를 쓸어내리며 부엌으로 가겠지
허기진 구들장 멕이려고 군불도 지피겠네
손바닥만 한 논배미 지아비 병원비로 날리고
야반도주의 낙인이 찍힌 외딴집에서
생전하던 대로 한방에 둘러앉을 거야
밤새 보름달 나눠 먹으며 추억을 덮고
발가락 비비며 도란거리다 가겠지

영정 속 어매는 여전한데

등 굽은 보름달만 떡방아를 찧고 있네

—「팔월 열나흘 밤」 전문

이 시에서 시적 자아는 죽은 어머니를 팔월 열나흘 밤, 추석 전야로 복귀시켜 가족 구성원이었던 현실의 기억으로 생성해내고 있다. 이승에 온 어머니는 생전처럼 추석 제사를 지내기 위해 음식을 장만했을 거고, 또 아버지를 기다렸을 거다. 거기다가 오지 않는 남편을 기다리다 넘어가는 달을 따라 무덤으로 갔을 거고, 거기서 어머니는 예전처럼 손으로 벌초했을 거고, 자식들을 외딴집으로 불러 모아 "밤새 보름달을 나눠 먹으며 추억"을 이야기했을 거다. 이 시에서 '거야

는 죽은 어머니가 이승에 와서 생전의 행위를 한 것으로 시
작 자아가 확신을 갖고 하는 표현이다. 어머니의 행위 속에
나타나는 시어, '소주병', '먼지', '군불'은 빈집의 인접성이다.
그런데 시적 자아가 현실로 돌아왔을 때 어머니는 영정 속에
있고, 어머니의 상징인 보름달만 "떡방아를 찧고" 있어, 이
시는 시적 자아의 슬픔을 내포하는 작품이라고 할 수 있다.

위 시에서 자아는 죽은 어머니를 생전 상태로 복귀시켜 산
자의 기억 회로를 열어 현실 체험을 하고 있다. 죽음은 산 자
의 한계성을 보여주는 사건이다. 이러한 죽음의 보편성에는
죽은 자가 자신의 얼굴을 드러내지 않고, 아무리 껍질을 벗
겨내도 소멸할 수 없는 추억과 의미가 들어있다. 더욱이 죽
음은 시대와 시기를 불문하고 산 자가 죽은 자를 영원의 세
계로 안착시켜 거기에 현미경을 들이댄다. 자아에는 죽음 자
체가 '무'라서 설명할 수 없는데도 결국 인간 존재가 가닿아
야 하는 것이 죽음의 보편성이다.

이혜민 시인은 죽음을 보편성으로만 다루지 않고, 가족의
죽음이라는 특수한 인륜적 요소로도 다룬다. 결국 이 시에서
바라보는 인간의 죽음이란 시인에게 잊히는 사건이 아니라,
죽은 자를 현실 세계로 복귀시켜 주관으로 재해석한 기억의
한 현상인 것이다.

한편, 이혜민 시인은 자신을 소재로 한 작품에서도 심상적
구조를 택하지 않고 현실 체험을 어조로 표현한 현상적 구조
를 택하고 있다. 이러한 현실 체험의 시관은 시의 개별성과

진정성을 강조하는 이혜민 시인만의 진실 구현의 한 방법이
다.

어두운 광 속에서 그림자를 찾았어
실루엣 같은 공포가 웅크린 채 눈을 껌뻑거려

두려움이 어둠일지 몰라
어둠이 문을 열면 두려움은 맹수처럼 달려들어

왠지 마음은 황홀해
어둠의 실루엣이라니 신기하지

…(중략)…

한 번도 만져보지 못했지
더듬는 어둠만 밤새 기어다녔어
지금까지 어둠 근처에만 살았거든
그림자가 길어질 때면 울음소리가 들리곤 해
울음은 어둠 속에서 황홀을 갉아먹지

어둠은 숨을 구멍 없는 흥분처럼 출렁거려
구멍이 비밀의 찌꺼기를 배설하네

버려지는 일
추방되는 일

—「향유하다」 부분

신은 어찌하여 사내의 갈비뼈를 불어 넣었을까

…(중략)…

덧대고 주무르고 고치는 여정이 숙명으로 흘러갔지

힘겹게 꽃대를 밀어 올린 칸나처럼

구멍이 뚫리고 바람이 드나들기 시작했어

비밀 통로를 흘러가던 꽃물마저 말라

비틀어지기 시작했지

꽃의 중심부에는 생의 흔적들이 난자하고

줄기들도 골다공증으로 무릎을 접었어

신은 어찌하여 이런 나를 만들었을까

—「진흙의 성」 전문

　위의 시들은, 시적 자아가 정체성 혼란으로 인해 고통받는 모습을 나타내고 있다. 자아의 정체성 혼란은 삶과 정신이 안정적이어야 할 어린 시기에 나타나고, 또한 성인이 된 후에도 나타난다. 정체성 혼란은 어린 날 가족 주체의 상실과 가난 탈피의 목적으로 외딴집을 빈집으로 만들었을 때 겪게 된다. 그래서 자아 자신이 "힘겹게 꽃대를 밀어 올린 칸나"와 같다고 말한다. 불안한 정체성을 안정시킬 목적으로 자아는 정신을 "덧대고 주무르고 고치는 여정"으로 시간을 보낸다. 그렇지만 결국에는 정체성에 "구멍이 뚫리"면서 "바람이 드나들"게 된다. 흔들리는 정체성은 불편하고, 불안하다. 그 때문에 자아의 절규는 신을 향한다. 하지만 불안이 끝나지 않아 시적 자아는 "자신의 그림자"를 찾아 나선다. 융에 의하면 '그림자'는 자기의 가장 어두운 면을 나타내며, 자신의 원초적인 부분을 저장해놓은 정신의 폭풍과도 같은 곳이다. 시적 자아에 있어 가장 어두운 부분은 그림자이며, 이 그림자를 향해 맹수처럼 달려드는 감정이 두려움이다. 이 두려움은 곧 어둠으로 변한다.

한편, 두 시에서 '바람'과 '어둠'으로 비유되는 정체성의 그림자, 즉 두려움은 시적 자아의 감정을 출렁거리게 한다. 이를 잠재우기 위한 답은 "비밀의 찌꺼기"를 버리는 일이다. 자신의 정체성 확립을 위해 자아는 여성적 오물을 버리고, 혐오와 공포도 버린다. 하지만 흔들리는 정체성은 같은 고통을 반복할 때마다 되돌아오곤 한다. 따라서 시적 자아는 "폭우 속 이름만 봄꽃인"(「또는 그 이름」), 그 이름을 찢고 (「개명 명령어 3075」) 개명하게 된다. 그 이름이 "3075" 이혜민이다. 따라서 시적 자아는 이혜민을 통해 새로운 정체성으로 거듭나고 싶은 것이다.

그러나 시적 자아는 아직도 자신과 타자의 경계를 정확히 분리하지 못해 그 사이에 낀 존재 같다. 왜냐하면 자아의 정체성 속에는 실존을 흔드는 어두운 그림자가 짙게 깔려 있기 때문이다. 그림자가 흔들릴 때마다 자아는 다시 과거의 고향을 현실로 복귀시키고, 죽은 부모까지 산 자의 기억으로 불러내어 변형시킨다.

어린 시절 부모의 상실로 인해(「능소화」) 정체성 확립이 모호

해진 이혜민 시인은 권력을 가진 남성 중심적 사회를 '불결한 타자'[2]로 만들어 자기 정체성을 다지고자 한다. 자아의 정체성 강화가 남성 중심적 사회를 향한 전복욕이다. 전복욕은 여성이 남성 수행성을 가지는 것이고, 또 여성이 남성 자질을 패러디한 미메시스이다. 이를테면 "온몸으로 밀고 가는 허상도 진실을 받아주지" 않아 시인은 결국 "얼룩으로 자신을 변장"하게 된다. (『침거에 들다』) 다시 말해 얼룩으로 변장하는 시인의 행위가 남성을 패러디한 것이라고 할 수 있다.

아래 시는 시적 자아가 남성으로 변장하여 남성 중심적 사회를 전복하고 싶은 본능을 투사의식으로 보여주고 있다.

> 빈 깡통처럼 소리만 요란한 게 대물림은 아니겠지
> 전통은 바위틈에서 흘러나온 물은 아닐 거야
> 역사와 역사 사이에서 뭉개진 울음은 얼마나 강력한가,
> 말을 만들어내지 못한 후에도 여전히
> 말의 공복에 시달리는 걸 보면
> 차가운 얼굴은 조상인 아버지의 아버지 작품일 거야
> 말을 통하여 감정을 전할 수 있는 날들은
> 단 한 번도 온 적이 없으니까 대신
> 세상을 뒤집으면 새로운 길이 열리지
> 파손된 말은 주변을 파랗게 물들이면서 떨고 있는 무표정이지
> 외침 같은 고요한 시간이 지나가고
> 하루라도 말이 없으면 안 되는 절실함에 대해

2　줄리아 크리스테바, 『공포의 권력』, 서민원 역, 동문선, 2001.

이 세상 누구보다 간절해지지
손이 입의 망치가 되려고 해
아무도 알아듣지 못하는 말을 위해

—「말의 기포」 부분

『지팡이가 아버지를 껴입어』의 시편에서는 유독 '말'과 '소문'이란 시어가 자주 등장한다. 시적 자아는 이 시를 통해 사회에서 소통되지 않는 말의 역사성을 비판하고 있다. 말이란 역사와 역사 사이, 타자와 자아 사이에 서로 감정이 전달되어야 공감할 수 있다. 하지만 구세력과 신진 세력, 타자와 자아 사이에 일어나는 권력 다툼으로 인해 타자와 타자 사이 대립 양상을 띠게 된다. 현대에 와서도 말은 마찬가지다. 왜냐하면 말의 존재란 본래 말의 재현 역할 속에만 놓여 있어 제한되기 때문이다. 그래서 재현에 대한 사고의 기억이 쉽지 않다. 이에 따라 말의 역사성에는 '소리만 요란한 말'이 생기고, '차가운 얼굴'이 생기며 그리고 말의 파손도 생긴다. '빈 깡통 소리', '차가운 얼굴', '파손된 말'은 병치은유로서 이를 통합해보면, 말의 소통 부재가 주는 역사성의 문제를 담고 있다. 이럴 때 시적 자아는 역사와 역사의 중심에 있는 남성 중심적 사회를 전복해야 하는 경계 대상으로 보고 그 사회에 대한 전복욕을 드러낸다. 시적 자아는 "말을 통해 감정을 전할 수 있는 날들은 온 적이" 없어서 "세상을 뒤집으면 새로운 길이 열" 릴 것이라고 말한다. 말 많은 현실 세계를 시적 자아가 뒤집는다면 서로 간의 대화의 물꼬가 트일 것으로 생각한다. 하지만 말이란 완전히 제거할 수 없는 대상이기에 손이 입의 망치가 되고자 한다. 결국 자아는 말 많거나 침묵하는 남성 중심적 사회를 전복하지 못하고 비판만 하게 된다.

이혜민 시인에게서 '말'은 중용을 의미한다. 말이란 서로에게 소통부재가 되어서도 안 되고, '고요한 시간'을 지녀서도 안 된다. 현실 세계에서 말이란 인간의 교양 척도와 분별력을 드러내는 기본 코드이기 때문이다. 그러므로 시인은 사람들이 심연 속에 있는 말을 재현할 때는 현실 상황에 맞는 말을 해야 한다고 주장한다. 그 예를 「신문고를 울려라」에서 찾아보고자 한다.

그랬나 끝까지 해삐라

느므 새끼 올라가 있다카믄 속상했것지만서도
내 아덜이 올라가 있어 그나마 다행이제

이래 내치구 저래 내치구 오날날까지 짓밟기만 한 몸뚱이 아이가

근디 야야 그 까마득 높은 송전탑엔 우예 올라갔노

월매나 억울함을 호소할 때가 없으믄
죽을 둥 살 둥 거기까정 겨 올라갔겠노 말이다

…(중략)…

짓무른 눈가 마를 날 없는 에미를 생각해서라도

저 개가죽인지 소가죽인지 찢어질 때까지 받아삐라마
                            —「신문고를 울려라」 부분

　이 시는 현실 사회에서 적잖게 일어나는 저임금, 정규직과 비정규직 문제, 노동 문제 등 한국 사회의 다양한 갈등 요소를 내포하고 있다. 시의 의미로 봐서 어떤 노동 문제인지는 알 수 없다. 하지만 고용 환경 문제와 관련 있는 것만은 사실이다. 왜냐하면 주변 타자인 아들이 송전탑에 올라가 억울함을 호소하고 있기 때문이다. 이 문제로 자아는 억압당하는 아들을 앞세워 자본가를 향한 대리 전복욕을 드러내고 있다. 예컨대 "그랬나 끝까지 해 삐라", "저 개가죽인지 소가죽인지 찢어질 때까지 받아삐라마"라고 하는 것이 그것이다. 경상도 토속 어조에서 오는 '해삐라'와 '받아삐라마'는 이 시에서 정감의 정서와 관련 있는 게 아니라 남성 중심적 사회에 대한 시적 자아의 비판적 태도와 관련이 있다. 이때 자아의 어조는 자신의 정신상태를 드러내는데, 고용 환경의 문제점을 개선하지 않는 자본가를 향해 전복욕을 드러내는 말이다.
　이러한 이혜민 시인의 시적 세계관은 독특하다. 노사 갈등 문제, 고용 환경 문제를 보는 시인의 체험이 타인의 체험이나 매스미디어를 통해 인식하는 추체험이다. 그런데도 시인은 이 체험을 마치 자신과 제 주변에서 발생하는 현실 체험처럼, 타인 삶의 핵심을 제 몸에 걸친 채 주관을 통해 현실 세계로 변형시키고 있다. 이혜민 시인은 왜 타자의 세계를 자신의 현실적 삶의 세계로 재구성할까? 이는 시인만의 체험을 넘어 가족, 이웃, 다수 타자의 삶을 제 체험처럼 공감하면서 이들의 고통스러운 삶을 깊이 인식하고 싶기 때문이다.

다음은 이혜민 시인의 다양한 세계관을 하나로 포괄하는 윤리적 세계관에 관한 것이다. 먼저, 사랑은 누구에게나 죽을 만큼 가혹하고 단순하다. 사랑에는 '단순 사랑'이 있고 '결합하는 사랑'이 있다. 시인의 시에서는 '단순 사랑'이 주류를 이루고 있다. 자신을 사랑하지도 않으면서 대상을 가혹하게 사랑하는 자, 이런 사람의 마음은 고통스럽다. 단순 사랑의 경우 사랑하는 자는 살아도 죽는 것과 같다. 왜냐하면 사랑하는 자가 대상을 사랑하지만, 자신 안에는 사랑이 없고, 사랑하는 대상에게도 배척당하기 때문이다. 결국 그런 자는 누구에게도 마음을 열지 못하고, 그 대상에게도 마음을 붙일 수 없어 불행한 나날이 이어지게 된다.

다음은 시적 자아의 단순한 사랑을 드러내는 시다.

영혼 밖인가요 안인가요
도망치는 그대
…(중략)…
안은 비와 바람을 가두어놓고
쇠창살도 달아놓고 안 될수록 막을수록
…(중략)…

이런 나를 밖에 세워두고
영혼 속으로
맘 놓고 드나드는 그대는 누구인가요
…(중략)…
이 꽃의 얼굴을 닦아주세요
위독한 숲 바라기는 각도를 꺾을 줄 몰라요

—「새가 태어나는 장소」 부분

이 시에서 시적 자아는 대상의 의중과 달리 저 혼자 에로스적 욕망에 사로잡혀 짝사랑하고 있다. 짝사랑의 경우 사랑받는 대상은 사랑하는 자아를 사랑하지 않는다. 더욱이 대상은 자아를 향해 아무런 호의를 베풀지 않고 끌어당기지도 않는다. 더 힘든 것은 대상이 자신의 마음속에 "비와 바람을 가두"고, "쇠창살도 달아" 시적 자아의 접근을 차단하는 것이다. 그럴수록 시적 자아는 대상의 내부를 깊이 들여다보고 싶은 충동을 느낀다. 급기야 충동을 잠재우지 못한 자아는 대상의 허락을 받지 않은 채 그의 마음을 빼꼼히 열어본다. 그 속에는 동굴이 있고, 어둡고 습해서 손으로 더듬어야 그를 찾을 수 있다. 이처럼 대상은, 에로스적 욕망이 최상급에 달하는 시적 자아를 자신의 외부에 세워놓은 채 타인의 마음속만 드나들고 있다. 그런데도 자아는 대상을 향해 "이 꽃의 얼굴을 닦아"달라고 애원한다. 에로스적 욕망이 실현되지 않는 시적 자아는 숲을 떠날 수 있는 데도 "각도를 꺾을 줄" 모른다고 말한다. 그렇다면 뭇사람들은 자아가 숲을 떠나면 될

게 아니냐고 반문할 수 있다. 아리스토텔레스에 의하면 인간 영혼은 인간의 몸 외에 다른 것 안에서는 살지 못한다고 말한다. 배제된 사랑은 사랑받는 대상으로부터 사랑받지 못하기 때문에 살아도 사는 게 아니다. 따라서 합일되지 못한 단순 사랑은 계속 위독한 마음을 품고 살아갈 수밖에 없다.

이혜민 시인은 시를 통해 "각도를 꺾을 줄" 모르고, "스르르 몸을 벗어 당신 발아래 머물고 싶은"(『금빛 은행잎』) 즉, 맹목적이고 떠받드는 사랑을 하고 있다. 이러한 사랑은 이혜민 시인의 사랑이 한 사람에만 국한된 것이 아니라 다수 타자의 삶을 제 몸에 체현하는 보편적 인류애로 확장하고 있다는 뜻이다. 시인에게서 보편적 인류애를 함의하는 떠받듦이 타자윤리이다. 타자윤리란 이웃과 다수 타자를 받아들여 자신이 수용하는 감성 작용이다. 시집 해설의 제목처럼 타자 얼굴과 면대면 한 이혜민 시인이, 그들의 고통을 온몸으로 체현하는 그 자체가 윤리적 책임이다. 따라서 시적 자아는 대상의 고통을 보고 자신을 내어놓는 삶을 살게 된다.

아래 시가 타자 윤리적 책임에 관한 작품이다.

       바다의 당신은 오늘도 바람으로 운다

       …(중략)…

       너울 파도에 쓸려가던 당신 환영이
       바닥으로 나를 기게 한다

···(중략)···

바다 끝으로 사라져버린 오랜 사람아
고래가 뿜어 올린 그대 옷자락이 부표로 떠다니다
시공을 달려와 나를 이렇게 흔들 수 있단 말인가

별처럼 아프게 찔러대는 윤슬로
파도 위 빈 병으로 떠도는 당신

—「사량도」 부분

　이 시에서 시적 자아는 고통스러운 얼굴을 한 당신에게 윤리적 책임을 느끼고 있다. 이 책임은 당신과 마주한 시적 자아의 책무이다. 당신의 고통이 시적 자아의 자유보다 우선시되어 자아는 본인의 의사와 상관없이 당신을 떠받드는 수동적 수행을 한다. "너울 파도에 쓸려가"는 당신의 얼굴이 시적 자아를 바닥으로 기게 하고, "고래가 뿜어 올린 그대 옷자락이 부표로 떠다니"는 것을 본다. 그래서 시적 자아는 오고 싶지 않아도 시공을 달려와야 한다. 그런데 왜 시적 자아는 자신을 내어놓고 주변 타자와 모르는 다수 타자에게 헌신하고 희생하는가? 근원을 더듬어가면, 시적 자아와 다수 타자 간의 관계는 현실 세계에서 맺어지지 않았다. 자신이 태어나기 이전 모르는 근원에서부터 그들은 하나로 묶여 있었다. 그러므로 당신은 자아의 심중을 흔들고, 파도 위 빈 병으로 떠돌아서, 자아가 당신을 외면하지 못하고 수동적으로 받들고 있는 것이다.

　지금까지 살펴본 바와 같이 이혜민 시인의 투사적이고 사제적 경향은 죽은 부모를 현실 세계로 복귀시켰고, 또 불평등한 남성 중심적 사회를 향해 전복욕을 드러냈다. 이와 더불어 고용 환경 문제로 고통받는 노동자가 사용자를 향해 저항할 때도 그를 도왔다. 이 모든 시인의 행위는 개인의 사랑을 넘어 다수 타자까지 책임지는 타자 윤리적 수행에서 비롯되었다. 이러한 이혜민 시인의 시 세계는 고유성과 보편성이 끊임없이 연계되는 자유로운 공간이고, 사랑의 공간이다. 그러므로 『지팡이는 자꾸만 아버지를 껴입어』는 현실적이고 생생한 구체성을 띠는 것과 동시에 유기적인 통합성을 보여주는 시편들이라고 할 수 있다. 이혜민 시인의 진취적인 성향과 따뜻한 품성이 그대로 녹아 있는 『지팡이는 자꾸만 아버지를 껴입어』 출간을 진심으로 축하드린다.

權寧玉 | 문학평론가, 문학박사

푸른사상 시선

1	광장으로 가는 길 이은봉·맹문재 엮음	41	엄마의 연애 유희주
2	오두막 황제 조재훈	42	외포리의 갈매기 강 민
3	첫눈 아침 이은봉	43	기차 아래 사랑법 박관서
4	어쩌다가 도둑이 되었나요 이봉형	44	괜찮아 최은묵
5	귀뚜라미 생포 작전 정원도	45	우리집에 왜 왔니? 박미라
6	파랑도에 빠지다 심인숙	46	달팽이 뿔 김준태
7	지붕의 등뼈 박승민	47	세온도를 그리다 정선호
8	살찐 슬픔으로 돌아다니다 송유미	48	너덜겅 편지 김 완
9	나를 두고 왔다 신승우	49	찬란한 봄날 김유섭
10	거룩한 그물 조항록	50	웃기는 짬뽕 신미균
11	어둠의 얼굴 김석환	51	일인분이 일인분에게 김은정
12	영화처럼 최희철	52	진뫼로 간다 김도수
13	나는 너를 닮고 이선형	53	터무니 있다 오승철
14	철새의 일인칭 서상규	54	바람의 구문론 이종섶
15	죽은 물푸레나무에 대한 기억 권진희	55	나는 나의 어머니가 되어 고현혜
16	봄에 덧나다 조혜영	56	천만년이 내린다 유승도
17	무인 등대에서 휘파람 심창만	57	우포늪 손남숙
18	물결무늬 손뼈 화석 이종섶	58	봄들에서 정일남
19	맨드라미 꽃눈 김화정	59	사람이나 꽃이나 채상근
20	그때 나는 학교에 있었다 박영희	60	서리꽃은 왜 유리창에 피는가 임 윤
21	달함지 이종수	61	마당 깊은 꽃집 이주희
22	수선집 근처 전다형	62	모래 마을에서 김광렬
23	족보 이한걸	63	나는 소금쟁이다 조계숙
24	부평 4공단 여공 정세훈	64	역사를 외다 윤기묵
25	음표들의 집 최기순	65	돌의 연가 김석환
26	나는 지금 운전 중 윤석산	66	숲 거울 차옥혜
27	카페, 가난한 비 박석준	67	마네킹도 옷을 갈아입는다 정대호
28	아내의 수사법 권혁소	68	별자리 박경조
29	그리움에는 바퀴가 달려 있다 김광렬	69	눈물도 때로는 희망 조선남
30	올랜도 간다 한혜영	70	슬픈 레미콘 조 원
31	오래된 숯가마 홍성운	71	여기 아닌 곳 조항록
32	엄마, 엄마들 성향숙	72	고래는 왜 강에서 죽었을까 제리안
33	기룬 어린 양들 맹문재	73	한생을 톡 토독 공혜경
34	반국 노래자랑 정춘근	74	고갯길의 신화 김종상
35	여우비 간다 정진경	75	고개 숙인 모든 것 박노식
36	목련 미용실 이순주	76	너를 놓치다 정일관
37	세상을 박음질하다 정연홍	77	눈 뜨는 달력 김 선
38	나는 지금 외출 중 문영규	78	거꾸로 서서 생각합니다 송정섭
39	안녕, 딜레마 정운희	79	시절을 털다 김금희
40	미안하다 육봉수	80	발에 차이는 돌도 경전이다 김윤현

81 **성규의 집** | 정진남

82 **번함 공원에서 점을 보다** | 정선호

83 **내일은 무지개** | 김광렬

84 **빗방울 화석** | 원종태

85 **동백꽃 편지** | 김종숙

86 **달의 알리바이** | 김춘남

87 **사랑할 게 딱 하나만 있어라** | 김형미

88 **건너가는 시간** | 김황흠

89 **호박꽃 엄마** | 유순예

90 **아버지의 귀** | 박원희

91 **금왕을 찾아가며** | 전병호

92 **그대도 내겐 바람이다** | 임미리

93 **불가능을 검색한다** | 이인호

94 **너를 사랑하는 힘** | 안효희

95 **늦게나마 고마웠습니다** | 이은래

96 **버릴까** | 홍성운

97 **사막의 사랑** | 강계순

98 **베트남, 내가 두고 온 나라** | 김태수

99 **다시 첫사랑을 노래하다** | 신동원

100 **즐거운 광장** | 백무산 · 맹문재 엮음

101 **피어라 모든 시냥** | 김자흔

102 **염소와 꽃잎** | 유진택

103 **소란이 환하다** | 유희주

104 **생리대 사회학** | 안준철

105 **동태** | 박상화

106 **새벽에 깨어** | 여국현

107 **씨앗의 노래** | 차옥혜

108 **한 잎** | 권정수

109 **촛불을 든 아들에게** | 김창규

110 **얼굴, 잘 모르겠네** | 이복자

111 **너도꽃나무** | 김미선

112 **공중에 갇히다** | 김덕근

113 **새점을 치는 저녁** | 주영국

114 **노을의 시** | 권서각

115 **가로수의 수학 시간** | 오새미

116 **염소가 아니어서 다행이야** | 성향숙

117 **마지막 버스에서** | 허윤설

118 **장생포에서** | 황주경

119 **흰 말채나무의 시간** | 최기순

120 **을의 소심함에 대한 옹호** | 김민휴

121 **격렬한 대화** | 강태승

122 **시인은 무엇으로 사는가** | 강세환

123 **연두는 모른다** | 조규남

124 **시간의 색깔은 자신이 지향하는 빛깔로 간다** | 박석준

125 **뼈의 노래** | 김기홍

126 **가끔은 길이 없어도 가야 할 때가 있다** | 정대호

127 **중심은 비어 있었다** | 조성웅

128 **꽃나무가 중얼거렸다** | 신준수

129 **헬리패드에 서서** | 김용아

130 **유랑하는 달팽이** | 이기헌

131 **수제비 먹으러 가자는 말** | 이명윤

132 **단풍 콩잎 가족** | 이 철

133 **먼 길을 돌아왔네** | 서숙희

134 **새의 식사** | 김옥숙

135 **사북 골목에서** | 맹문재

136 **왜 네가 아니면 전부가 아닌지** | 정운희

137 **멸종위기종** | 원종태

138 **프엉꽃이 데려온 여름** | 박경자

139 **물소의 춤** | 강현숙

140 **목포, 에말이요** | 최기종

141 **식물성 구체시** | 고 원

142 **꼬치 아파** | 윤임수

143 **아득한 집** | 김정원

144 **여기가 막장이다** | 정연수

145 **곡선을 기르다** | 오새미

146 **사랑이 가끔 나를 애인이라고 부른다** | 서화성

147 **더글러스 퍼 널빤지에게** | 백수인

148 **나는 누구의 바깥에 서 있는 걸까** | 박은주

149 **풀이라서 다행이다** | 한영희

150 **가슴을 재다** | 박설희

151 **나무에 기대다** | 안준철

152 **속삭거려도 다 알아** | 유순예

153 **중딩들** | 이봉환

154 **수평은 동무가 참 많다** | 김정원

155 **황금 언덕의 시** | 김은정

156 **고요한 세계** | 유국환

157 **마스카라 지운 초승달** | 권위상

158 **수궁가 한 대목처럼** | 장우원

159 **목련 그늘** | 조용환

160 **그대라면, 무슨 부탁부터 하겠는가** | 박경조

161 **동행** | 박시교

162 **광부의 하늘이 무너졌다** | 성희직

163 **천년에 아흔아홉 번** | 김려원

164 **이별 후에 동네 한 바퀴** | 이인호

165 **무릉별유천지 사람들** | 이애리

166 **오늘의 지층** | 조숙향

167 **오른쪽 주머니에 사탕 있는 남자 찾기** | 김임선

168 **소리들** | 정 온

169 **울음의 기원** | 강태승

170 **눈 맑은 낙타를 만났다** | 함진원

171 **도살된 황소를 위한 기도** | 김옥성

172 **그날의 빨강** | 신수옥

173 **의지와 표상으로서의 세계이니** | 박석준

174 **촛불 하나가 등대처럼** | 윤기묵

175 **목을 꺾어 슬픔을 죽이다** | 김이하

176 **미시령** | 김 림

177 **소나무 방정식** | 오새미

178 **골목 수집가** | 추필숙

179 **지워진 길** | 임 윤

180 **달이 파먹다 남은 밤은 캄캄하다** | 조미희

181 **꽃도 서성일 시간이 필요하다** | 안준철

182 **안산행 열차를 기다린다** | 박봉규

183 **읽기 쉬운 마음** | 박병란

184 **그림자를 옮기는 시간** | 이미화

185 **햇볕 그 햇볕** | 황성용

186 **내가 지켜내려 했던 것들이 나를 지키고** | 김용아

187 **신을 잃어버렸어요** | 이성혜

188 **웃음과 울음 사이** | 윤재훈

189 **그 길이 불편하다** | 조혜영

190 **귤과 달과 그토록 많은 날들 속에서** | 홍순영

191 **버려진 말들 사이를 걷다** | 봉윤숙

192 **나는 그를 지우지 못한다** | 정원도

193 **시인 안에 북적이는 찌꺼기들** | 최일화

194 **세렝게티의 자비** | 전해윤

195 **고양이의 저녁** | 박원희

196 **고요한 세상의 쓸쓸함은 물밑 한 뼘 어디쯤일까** | 금시아

197 **순포라는 당신** | 이애리

198 **고요한 노동** | 정세훈

199 **별** | 정일관

200 **시간의 색깔은 꽃나무처럼 환하다** | 백무산 · 맹문재 엮음

201 **꽃에 쏘였다** | 이혜순

202 **우수와 오수 사이** | 이 윤

203 **열렬한 심혈관** | 양선주

204 **머문 날들이 많았다** | 박현우

205 **죄의 바탕과 바닥** | 강태승

206 **곰팡이도 꽃이다** | 윤기묵

지팡이는 자꾸만 아버지를 껴입어

이혜민 시집